大鱼文化传媒 大鱼文学

谨以此书
献给世界上最勇敢最善良的少年

我在雪白的世界里做着有关救赎的梦，

未来犹如白玫瑰一般梦幻而芬芳。

Angel

为安格的雪样年华

小楼／原著
界由／绘图

河北出版传媒集团
花山文艺出版社

图书在版编目（CIP）数据

为安格的雪样年华 / 小楼著. 一石家庄：花山文艺出版社，2016.7（2020.3重印）
ISBN 978-7-5511-2956-5
Ⅰ. ①为… Ⅱ. ①小…Ⅲ. ①短篇小说一小说集一中国一当代 Ⅳ. ①I247.7
中国版本图书馆CIP数据核字(2016)第187804号

书　　名： 为安格的雪样年华
著　　者： 小　楼

策划统筹： 张采鑫
特约编辑： 曾雪玲
责任编辑： 于怀新
责任校对： 齐　欣
美术编辑： 许宝坤
装帧设计： 颜小曼
出版发行： 花山文艺出版社（邮政编码：050061）
（河北省石家庄市友谊北大街330号）
销售热线： 0311-88643221/29/35/26
传　　真： 0311-88643225
印　　刷： 三河市华东印刷有限公司
经　　销： 新华书店
开　　本： 880×1230　1/32
印　　张： 7
字　　数： 75千字
版　　次： 2016年10月第1版
2020年3月第2次印刷
书　　号： ISBN 978-7-5511-2956-5
定　　价： 42.00元

目·录

目•录

目·录

安格

龙天

1

ONE

我在雪白的世界里做着有关救赎的梦，

未来犹如白玫瑰一般梦幻而芬芳。

遇到安格的时候，我刚刚成为这所医院的住院医生。我遇上的第一个病人，就是安格。

那年，他十六岁。

刚刚毕业的我热情、开朗，有着别的医生十分羡慕的朝气与活力。他们的目光会从每一个角落里投放过来，带着一种近似于忧伤的迷恋。

我在雪白的世界里做着有关救赎的梦，未来犹如白玫瑰一般梦幻而芬芳。

某日，我一边翻看着病历，一边等待马上就要开始的主任查房，这时，我注意到一个周末新入院的病人——他的名字叫“安格”。

安格？多奇怪的名字啊，我一下子就记住了。他……会是怎样的一个人呢？

怀着这样的好奇，我很快就看见他了。

不知道应该怎么去形容一个人长得好看，但我想如果长得像安格那样，大概就是极致了。

我曾经强烈地怀疑过安格的存在性，因为哲学家说，一个人如果对一个事物的真实性产生疑问，就会用虚幻的符号去代替它。那时我脑海里的安格是一个虚幻的符号，一个虚幻而完美的符号，一个有着《指环王》中精灵般娟秀面貌的符号……于是，脑子里开过一辆隆隆的列车，我什么也没有听见。

而病床上的安格是动的，他似笑非笑地看着主任，调侃地说着："主任，我又来啦。"

"安格，说真的，我都不想再看见你了。"主任故意露出一个无可奈何的笑容。

"我也是耶。可是我拜托你给我一个痛快你又不干，好小气。"安格轻轻嘟起的嘴巴，在清晨的阳光里宛然欲开的花苞。

“你别给我找麻烦就好了，害我只敢把你排在空病房里。”主任轻轻地叹息着，“好好待着，这次手术一定会成功。”

“喊……每次你都这么说。”安格突然笑了，笑得整张脸如同美玉一般白璧无瑕。

“好了好了，好好治疗，过两天安排你手术。”主任不禁也微微笑着。

“这次谁管我的治疗啊？我不要上次的孙医生，他好讨厌，老是发疯一般凶人家，搞得人家好害怕。”安格一副要哭的样子，长长的睫毛微微颤动着，指向科里著名的好好医生——孙谨祥。

孙医生的脸立刻通红一片，他似乎要说什么，但很快低下头，什么也没有说。

连孙医生也会发火？我不禁怀疑起安格说话的真实程度，或者，孙医生可能具有的两面性。

“好好，不要孙医生，这次我亲自管你好不好？”主任难得好脾气，依然笑眯眯地说。

“好是好……可是主任好忙，都不能一直照顾安格……”他长睫扇动，眼睛扑闪着，一副泫然欲泣的样子。

“呵呵，那我给你找个好脾气的大哥哥好吗？我不在的时候你就找他？”

安格天使一般的脸上又露出那种似笑非笑的表情，他的眼睛缓缓地瞥过主任身后的众人，那副神情真是又天真又可爱。

主任的眼睛在人群里来回搜索着，搜索到我的时候就精确地定格了——

“龙天，就你好了，今后由你跟着我，负责安格的治疗。”

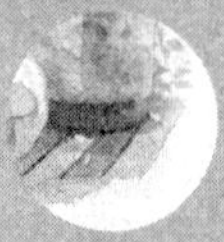

2

TWO

“不要跟病人做朋友，因为他们会死。”

主任查房结束后，大家都不禁松了松筋骨。血液科主任是全院出了名的严厉，很多轮转的住院医生都在这个科里栽过跟头。所以只要有主任在，大家都是小心又小心的样子。可不，今天一场大查房下来，不异于高强度的体力活动，大家的表情都有些倦怠。

主任一走，孙谨祥医生也埋着头快步离开，犹自我天不怕地不怕，也不敢在这个时候去撞他的枪口。

尽管我有很多问题想问。

其他几个医生走过来拍拍我的肩膀，好意地说："跟着主任学吧，好机会，要抓住。"

"我会的。我会小心主任的。"我诚恳地点点头。

"给你一个忠告——除了小心主任，更要小心安格。"

我不解。那个孩子娇贵的神态还在眼前，怎么看都像是天使落入人间。

“孙医生都栽过。你想想难度吧。”

医生说话讲究深奥，一切点到为止。

所以，我依然如坠云雾。

为什么大家都那么畏忌他呢？十六岁的孩子，就算犯错——又能过分到哪里去？

我不断地安慰自己。

再怎么，那么漂亮的少年，主任又明摆着偏爱，应该是个不错的孩子。

所以第二次见安格的时候，可以说我一点儿准备都没有。

“安格，今天觉得怎么样？”我捧着病历走进病房，笑眯眯地问他。

笑容这个东西，好比篮球，一个人抛出去，要有另一个接住才有意义。而现在我面临的问题是，我的笑容抛出去了，篮球却“吧唧”一声落了地，连声响都没有。

安格扭头看着窗外，仿佛完全没有听见我说话。

也许在想什么事情吧。我这样想。记忆里那双深不见底的黑眼睛再次突兀了出来，强烈地吸引着我。于是，我情不自禁地走到床的另一侧，去观察他的眼睛。

同样是深不见底。

完美至极。

却没有一点儿生命的感觉。

一潭死水。

我吓了一跳，连忙摇晃他："安格，安格，你有没有觉得不舒服？"

浓密的睫毛颤动了一下，他漆黑的眉毛皱了起来。

"干什么？"

"你……你刚才……"我很想用一个科学的词语来形容他刚才的灵魂出壳，但发现这种努力根本就是枉然。科学不支持灵魂出壳，安格好好地坐着，呼吸、心跳都很正常。

"告诉你，如果不是做检查，请你今后不要随便碰我。"

安格从下往上看着我，但给我的感觉是居高临下的俯视。

"安格，我想你忘记了，昨天主任刚刚任命我负责你的日常治疗，我们应该做朋友的……"

“别的医生没有告诉你吗？”

突然被打断的感觉让我有点儿走神，我呆呆地看着他，随即发出一个疑问词“啊”。

“不要跟病人做朋友，因为他们会死。”

说到“死”的时候安格的目光莫名其妙地亮了一下，好像蜜蜂捕捉到花的香气，或是饿狮看见大群的羚羊。

他无比兴奋地感觉着这个字从他的舌尖滚落出来，刺激得我的身体一个激灵。

我的手的确在轻轻地发抖。它握住安格的病历。

安格，重度再生障碍型贫血患者，因已成功地寻获到配型骨髓，择日进行骨髓移植手术。

包裹着病历的铁夹子依然冰冷，其内容却是让人温暖的。

一想到这里，我又无端地快乐起来，连安格的阴阳怪调，也不是那么难受了。

“安格，你看，你需要的骨髓已经找到了。几天之后你就是一个健康活泼的少年了，这样你还说自己会死吗？”

那束亮光轻轻地跳动了一下，然后就深深地隐藏在长而密的睫毛里。他无比轻蔑地看了我一眼，冷笑着：“骨髓还长在别人的身上，你知道什么。”

他语气中的不屑让我觉得愤怒。我不知道是什么让安格变得这样偏激，但我不能接受安格以这样讥讽的态度去接受别人生命的馈赠。我不能接受有人把生命当儿戏。

“安格，不是每一个人都有你这样的好运气的。你有新生的机会了，你那么幸运，我不知道你还在埋怨什么。”

“我又没有要新生。只是某个女人愚蠢的行为罢了，我为什么不能埋怨？”

安格继续冷酷地笑着，一副拒人于千里之外的表情。

“什么女人……我不明白……”

“我妈呀。只有她一直不停地寻找着配型的骨髓，若照我的意思，早给自己一个痛快了。”安格恶狠狠地说着。他白璧无瑕的脸上因为凶狠而扭曲着，完全不复美感所言。

“你是说……手术是你妈的意思？”

“当然，你以为我这么喜欢医院吗？你以为我愿意让你们这些所谓伟大的手碰我的身体吗？你以为我愿意让你们有机会居高临下地向我宣布我生或者是死吗？你以为你们是谁呀？”

当安格字正腔圆地说完最后的这几个字，他满意地发现我的脸色已经在最短的时间里变成了暴怒。

平静。平静。平静。

我一再地这样告诉自己。

我知道我们两个的交谈将不欢而散，我知道我们中间有一个人已经疯了。还好，那个人不是我。

“既然这样的话，我没有什么好说的。妈妈是愚蠢的女人，医生的手是肮脏的……除了检查我不会碰你的。当然，我也会转告你的母亲，为了你的情绪考虑，在手术前尽量不要来看你，这样好不好？”

安格俊秀非凡的脸上又露出一个意味深长的笑容，像潜伏在深处的豺狼一般让人不寒而栗。

他微微向后靠着、靠着，说了一句我这一辈子都不会忘记的话：

“果然没有人愿意理睬安格，安格永远是一个人的……”

3
THREE

"十六岁，什么错误都可以被原谅啊！"

我的沮丧是大家意料当中的事情，仿佛早就在等我去栽这个大跟头一般，他们非常默契地、甚至有点儿幸灾乐祸地看着“垂头丧气”这四个字终于挂在我的头顶。他们会用过来人的语气，语重心长或者老气横秋地对我说：“小伙子，别泄气，这样的事情以后多着呢，想开点儿就好了。”

可是我想不开，安格乖张孤僻的脸就在眼前，比他娇俏可爱的第一印象还要深刻，我像看见一块好好的美玉被糟蹋了一般，痛感直扎到心底。

我决定去找孙医生。

孙医生是好好先生，地球人都知道。但好好先生也有脾气，当我说出“安格”这两个字后它酝酿出一片低气压。

“不要问我安格的事情，我宁愿从来没有治疗过他。”孙医生粗暴地打断我。

“可是，大家都说，安格的事情最好问问您。”我毕恭毕敬。

这句话其实应该打个折扣。

大家的原话是：安格的事情你最好不要去问孙谨祥。

“好吧，我简短地告诉你。你怎么对他好都是白搭，死心吧。”孙医生面无表情地说。

左胸的第二肋间有点儿痛。

“可是，他只有十六岁啊，他不应该是现在这个样子的。”

“我负责他的时候他才十三岁，就已经是这个样子了。”

“十三岁……如果任性一点儿的话也是可以原谅的……”

“任性一点儿……”孙医生冷笑着，目光咄咄地看着我。他的身体是在靠近吗？以至于眼睛是那么近……镜片的反光居然能够清晰地反射出我那张极度吃惊的面孔，在瞳孔收缩的那一瞬间放大。

“是任性一点儿吗？”

“任性一点儿的人会在医院里自杀吗？”

“会吗？！”

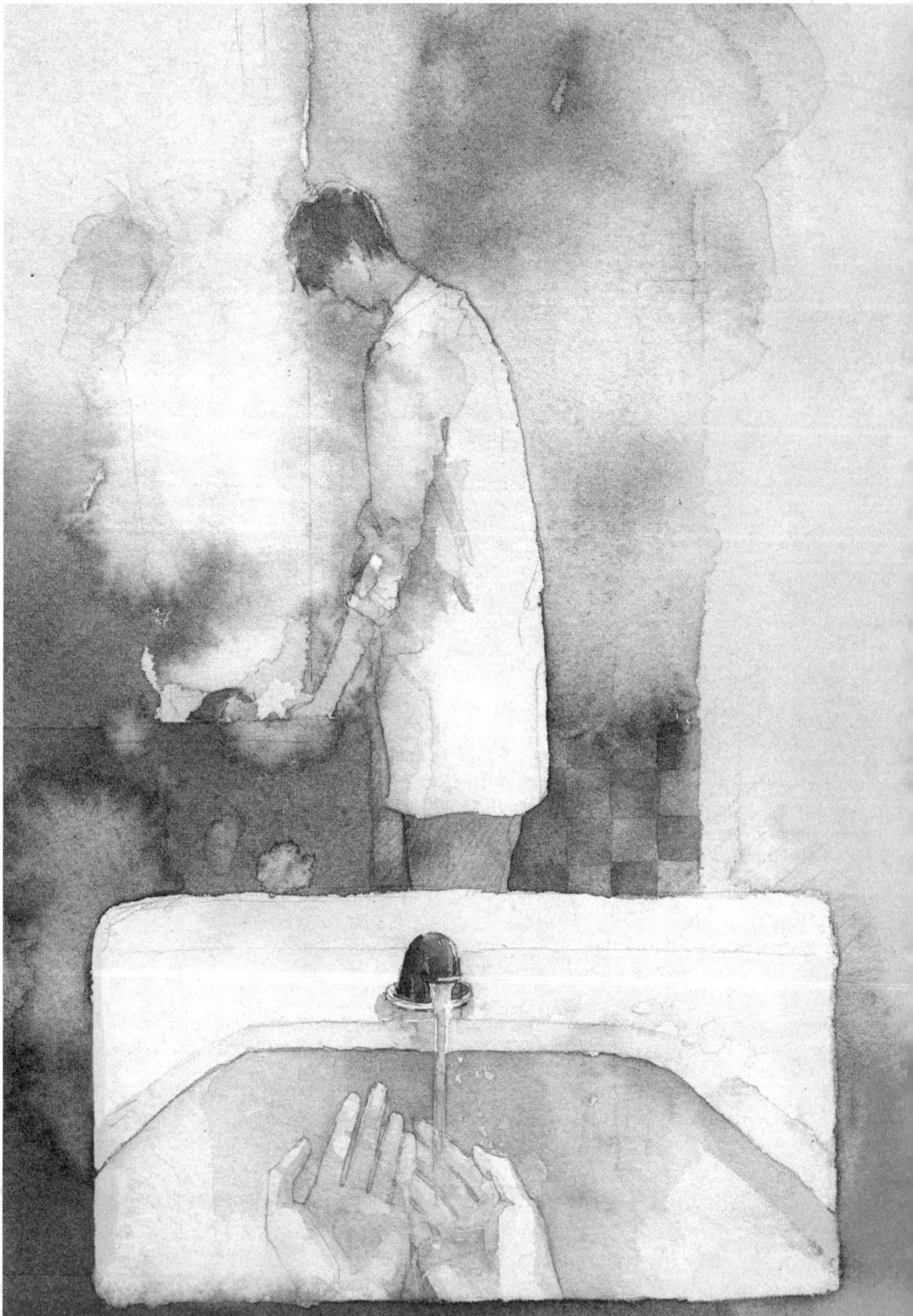

孙医生那咄咄逼人的面孔仿佛还在面前，但再见到安格的时候，我还是露出了笑容。

不是不相信孙医生的话，而是——如此漂亮的安格实在让我想不起“戒心”两个字。于是，也就刻意地忽略掉了。

我仍然期望能好好地待他，继续做我那有关救赎的、雪白的梦。

“安格，我首先说明，今天我是要检查你，才触碰你的。”我举起双手，向他展示我干净的手掌，“而且，我来的时候洗过手，所以绝对干净。”

安格翻了个白眼，转过头去不理我。

好彩头，至少他没有当场抢白我。

开始检查。

一切还好，来时的低烧已经被完全压服了，只是心跳有点儿快。透过薄薄的胸壁，我几乎能够看到他那脆弱的心脏，正在拼命将稀薄的血浆一点儿、一点儿泵到全身的血管里，以支持他十分虚弱的身体。

“还好。明天会给你输 400CC 的血。”我顿了顿，故意幽默地说，“会不会害怕看见这么多的血？我明天让护士把你的眼睛蒙起来？”

安格的睫毛抖了抖，回过头来给了我一个诡异的笑容。

我不得不承认带着诡异笑容的安格也是极完美的，不过就是长了黑翅膀的天使罢了。

安格笑得十分开心而且可爱。

“上次输血的时候我把软管剪断了，流了好大一地的血，很壮观呢，昏倒了两个护士和一个医生。”

安格笑得更加开心。

我承认我有点儿想吐。

我的表情让安格越发得意，他的脸在我的前方匀速递进着，长长的睫毛几乎扫到我高耸的鼻梁。

“还有一次，我乱调输液开关，回的血一直流到了输液瓶里。”

“……”

“十三岁的时候，我有在病房闯祸哟，是真的闯祸……”

“每次都好多血，你怕不怕？”

“人家说，医生都是不怕血的。好看的医生怕不怕血？你怕不怕血？你怕不怕？”

安格已经笑得无法收拾了。

这个男孩儿，有着一张比我漂亮很多很多的脸。他应该是幸福的，他有一个爱他的妈妈一直在帮他找配型的骨髓，他有一个爱他的主任为他的治疗方案殚精竭虑，他有一个爱他的住院医生为解决他的心理问题悉心开导，他有一个好心的陌生人为他提供骨髓展开希望，他还有很多很多的人关心他的身体关心他的健康关心他的幸福。

十六岁的孩子，难道不是应该整天浸泡在蜜罐中的吗?

“安格，你才十六岁，为什么这样作践自己的身体呢？”我平静地问。

安格又一次把身体向后靠。

后来我知道每次他表达自己失望的时候就会无意识地出现这种动作，他小心地包裹着自己的内心，不让别人看透它，伤害它。而事实上，他自己伤自己最深。

安格脸上露出一个笑容。

那简直不应该在一个十六岁的少年脸上。

它过于妖化。它志在必得。

“为什么不呢？”

他笑着，上下睫毛覆盖着一片深不见底的海。

“十六岁，什么错误都可以被原谅啊！”

4

FOUR

如果做不到，

当初就不要给出希望。

我很累。

在与安格的战斗中我从来没有赢的感觉，这让我说不出的沮丧。

其实如果我了解安格的过去的话，我应该知足了。因为他对于自己不喜欢的人根本就不理不睬，一切不配合。对我他算是乖了，至少药有好好吃、血有好好输，如果是以前的医生知道安格这么好对付，早就一把鼻涕一把泪地去烧高香了。

安格除了有点儿轻微的人格变态，喜欢自虐和虐人外，真的没有什么不可爱的。

如果他的变态也能称之为可爱的话，我真是荣幸得想吐。

更可恶的是，他明明跟我眼睛不是眼睛鼻子不是鼻子地对着干，但在主任面前又乖得像只猫。据说安格的治病经过只有主任从头守到尾。想想看安格真是聪明，把主任的马屁拍得啪啪响，不仅让医生护士忍气吞声，还有“单人”病房可以住。

我深深佩服安格的深厚心机，果然不是一个十六岁的少年可以比拟的。

生气归生气，我还是希望安格早日顺利手术，于公于私都是。

可是安格的手术迟迟没有进行，据说那个配好型的人出差了，过几天才能回来。

消息是我告诉安格的。他冷哼了一声，扭头看着窗外。

那一声哼，几乎又要让我暴跳起来。

什么东西……什么……什么……

什么东西？在令他害怕？

安格依然冷着一张臭臭的脸，床单外面的手指却在发抖。

我看着他的手指。

一瞬间真的有换位的感觉。我感受着他的恐惧、他的紧张、他的孤独、他强压在自尊面具下的那份少年的惶恐。

没有人可以对生命无动于衷，哪怕是安格这样的人。

于是，我泛滥的同情心又不理智地把我淹没了。

于是，我泛滥的同情心又淹没了我对他的正确评价，想对他更好一点儿。

当然，这种心情是可以理解的。我刚刚成为医生，我关爱病人，我……

我的态度反映到行为上，对护士的态度也就越来越好，除了阳光般的笑容，还有很多可口的点心在送。

小护士的心有没有用到安格身上我不知道，用到我身上的却明显增加了。

小护士会在我为安格检查的时候开心地笑，会用比平时更温柔的声音跟我说话，会在安格给我脸色和冷嘲热讽的时候帮我说话，会……

“那个小护士好像对你很有意思。”

等护士出了房间，安格突然这么说。

我并不觉得小护士的态度有问题，她的表现形式在我的情史上连毛毛雨都不算。不过，安格提醒了我。

“啊，这么说来，我记得她的样子好像长得并不难看。”

我努力地回想刚才出去那人的模样。

安格偏着头看我，冷不丁地冒出一句话："喜欢吗？笑起来甜甜的。"

我低下头，记录着病历。

"不难看又不代表好看。我的眼界很高的。"

"是吗？"

安格倾近身体，饶有兴趣地问："你有女朋友吗？"

"还没。"

"没人要？"

"怎么会？"我抬头，露出一个招牌式的笑容，"虽然你不耐烦，可是很多人喜欢我这样的笑容，无往不利。"

一瞬间安格有些呆呆的，然后他很快低下头，懊恼地说道："不知道有什么好，傻傻的。"

"可是就有人喜欢啊。"我又夸张地笑了一下，露出我白白的牙齿。

"什么呀，笑起来脸跟蛤蟆一样。"安格很不屑地说。

"那也是很帅的蛤蟆。"我习惯性地回了一句，低下头去继续写我的病历。

过了很久，我才意识到安格在笑。

我见过安格很多的笑容，有在主任面前腻歪的笑容，有在医生面前冷漠的笑容，有在我面前讥讽的笑容……无疑，安格怎么笑都是好看的，就像钻石蒙了灰依然是钻石一样，怎样的安格也美得跟天使一样。但我没见过安格真正的没有心机的笑容，那种笑容像解冻的泉水一般甘洌，像天山上的雪莲一般纯净，他苍白的面容在笑容的映衬下如白玫瑰一样温柔地绽放着，直而长的睫毛在干净的黑宝石上仿若划破水面的涟漪一般，激起阵阵动人的潋光。

“安格，”我情不自禁地喃喃着，“如果你经常笑的话，一百个龙天都没你好看。”

笑容定格。安格僵硬地看着我。

再起嘴角，无限讥讽。

“我有天天在笑啊。你没看见吗？”

“不是这样的。刚才的，全无心机。”

安格彻底不笑了。

他重重地躺下，蒙着头喊“出去”。

“安格，答应我好吗？”说这些话的时候我的声音有些发抖，我扶着病历夹的手在告诉我我在发抖，我抖得眼前的景物都在发晃。“手术成功后，要像刚才那样笑一次，露出你十六岁应该有的笑容。”

那天，我最终也没有做出承诺。

就像从来不相信人一样，我从来不给人可能做不到的承诺。

如果说“好”，我就一定会做到。

如果做不到。

当初就不要给出希望。

我一直是这样认为的。

我……

一直……

是这样认为的。

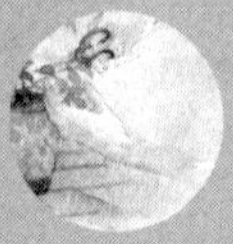

5

FIVE

一个美丽的女性本来就让人怜爱，

如果这个女性还在哭就更让人怜爱了。

那个小护士莫名其妙地被安格“辞退”了，理由是态度不好。

当我质问他小护士态度哪里不好的时候，安格很振振有词地说，我和小护士联合起来欺负他。

我很生气，说那你把我也辞退好了，我还巴不得呢。

结果那天安格发了很大的脾气，我看他精神旺盛得很，一点儿不像有病的样子。

主任知道以后狠狠地批评了我一顿，说我沉不住气，跟信任自己的病人说这样伤感情的话。

“他哪里信任我了！”

我禁不住大叫起来。

“主任你知道吗？他只有在你面前才乖乖的，在我面前他恨不得我早点儿死呢！”

主任很奇怪地看着我，然后说了一句更奇怪的话：

“我一直以为，他巴不得自己早点儿死呢。”

然后主任很快地转过身，不让我看他的脸。

“怎么会这样？”

“大概，给人伤透了吧。”

主任的身形突然远了很多，童颜鹤发的，沧海桑田到声音里面去了。

他轻轻咳了两声，说你走吧，我已经说得太多了。

我还想再问清楚，但谈话已经结束了。

主任半点儿口风不漏。

我无奈，对安格的态度只能忍，忍，忍。

我回到病房。吵归吵，病人还是我的病人，我要负责到底。

多么敬业的医生啊！我盲目崇拜我自己。

居然看见安格的母亲，我始料未及。

那是一个十分美丽的女性，安格恰到好处地继承了她身上 1/2 的优秀基因，我可以想象到另 1/2 的优秀基因来自于他的爸爸。

一个美丽的女性本来就让人怜爱，如果这个女性还在哭就更让人怜爱了。

“安格，抬头看妈妈一眼好不好，妈妈来看你了，你看妈妈一眼……”

安格仿若未闻，头蒙在被子里睡得死死的。

哪个哲人说的“保护女性是男人的天职”来着，我冲上前去，一把拉开安格的被子。

“你要发脾气冲我来好了，不要殃及别人！”

我这个大男人的动作首先惊吓住了安格的母亲，她目瞪口呆地看着我，很久才想起来说两句客套话：“医生，您别生气，我和儿子关系一直都不好，您别怪他。”

安格也仿佛受了惊吓般呆呆地看着我，很久才羞恼地一把抓过我手中的被子，愤怒道：“关你什么事啊？我在和我妈妈生气，你出来干什么？”

原来不干我事。

我挠挠头，露出一个我自认为很阳光的笑容，然后退居二线，在边上悄悄照应着。

安格一副哭笑不得的样子。

“爸爸呢？”

隔了好一会儿，安格冷漠地问。

“还在外地……”

“就不怕见不到他儿子最后一面了？”安格嘿嘿冷笑着。

“孩子，你别这么说……你的病需要钱啊……”

“早叫他不要把钱扔棺材里的嘛！”很不屑的声音。

“安格……别再乱说话了，你说这样的话……妈妈好伤心……”

“那你也别来了，上爸爸那儿去给我挣活命钱吧。”

我的嗓子越发干涩起来。安格嘿嘿的冷笑声分外刺耳。

安格面如寒霜。

“你答应我不来医院的，你说话不算话。”

“安格，你的手术老是不做，我真的放心不下啊，万一又发生以前的事情……”

“那也是我的命，和你们一点儿关系都没有。”

安格低下眼睛，长长的睫毛像小扇子一样遮住眼睛，在面颊上投下阴影。

“安格，不然妈妈去找那个人，妈妈去求他，求他赶快把骨髓捐给你好吗？多少钱都给他，磕多少头都可以，妈妈……”

“你还打算贱多少次？”

安格说这话的时候声音并不大，甚至可以说是语音轻柔，如白绸子般轻软。然而那语气间的狠劲，又是那样冷酷和陌生。我想大概这个才是真正的安格，安格有一颗真正恶魔的心，他可以在亲人的伤口上再捅上一刀。

你还打算贱多少次?

没有人，可以对辛苦抚育自己的父母说出这样的话。

这句话的效果非常明显。美丽的女子伤心地哭了起来，我冲上去，很想在安格漂亮的脸上甩上一巴掌。然而，我没实施成功，那个女子死命拖住我，哭得惊天动地:“医生，您别生我儿子的气，是我对不起他，真的是我对不起他的！”

安格犹自梗着脖子不认错，残忍无比地再捅一刀:“都是你的错！为什么还救我？让我死好了！反正我一直都不想活的！”

“安格！”我怒吼道，“这是你妈！”

“我知道，所以才都是她的错！”

时间有一瞬间的暂定。

三个人都瞪着眼睛互相看着，仿佛不认识对方。

然后安格“哇”的一声喷出血来，点点滴滴的，像极红色的樱花。

然后，他镇定下来，一字一句，冷若冰霜：

“在我十八岁拥有刑事处罚权之前，我所有的错都是他们的。所以，他们要承担我所有的罪过，我所有的错误，我所有的幸与不幸……”

“承担我存在的错误……我活着的错误。”

6

SIX

世界上最美丽、最善良的人……

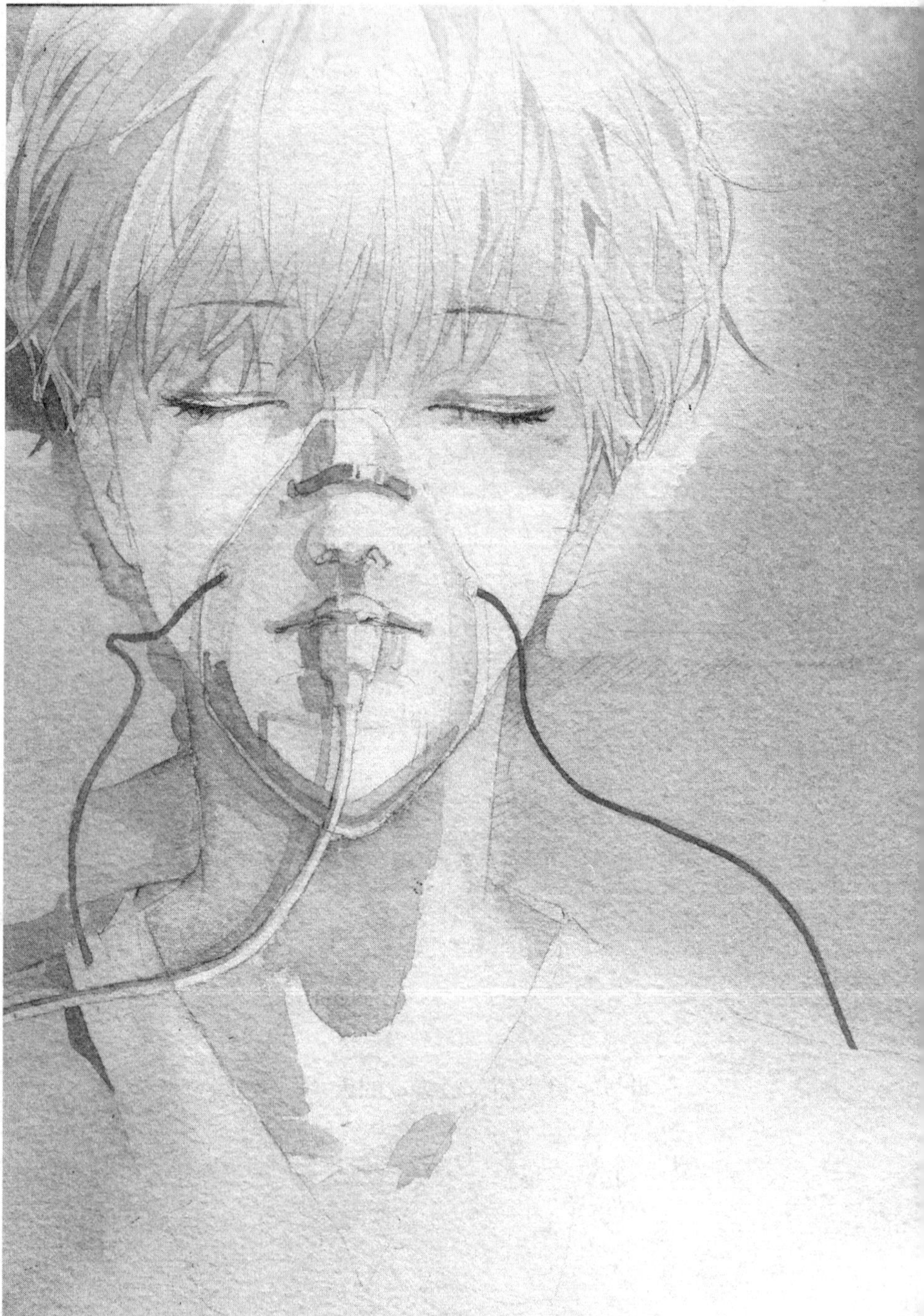

美丽的女子走了以后，安格的身体极度虚弱，输血都不管用。看来安格说不让妈妈来是有自知之明。我很想现在就教育一下安格，但看他那昏迷中还微蹙的眉头，我非常善良地把这个日期无限后延了。

主任把我叫到了办公室。

“如果我今天又一次批评你，你服气吗？”主任的脸可以刮一层霜下来。

“是我不好，我把事情闹大了，我不应该让病人情绪波动，我不应该看见病人情绪波动的时候不加以阻止……”我像背书一般历数自己的过错，语气沉重得恰到好处。

很多年以前母亲就曾经说过，我不仅笑容好看，痛心疾首的样子也非常动人。

所以每每我犯错就赶快认错，所以往往认完错以后更招人喜欢。

果然，主任盯着我看了半天，终于发出一声疲惫的叹息。

我立刻噤声。

“看见安格的母亲了？”

我点点头。

“很美丽贤惠，而且善良的女性吧？”

我用力地点点头，几乎不用一秒钟考虑。

“我十四年前见到她的时候，她比现在还漂亮。如果这个世界上还有一个人可以和她比的话，大概就是安格了。”

我很想纠正一下主任的口误，安格是很漂亮，但他不善良，一点儿也不。如果他算善良的话，这个世界上每个人都善良得像小兔子。

主任横了我一眼，加重语气道：“这个世界上还有一个人可以和她比美丽、善良的话，大概就是安格了。”

我承认我不能接受，我很倔强地把它表露在脸上。

主任置之不理。

“我认识安格和安格的家人十多年了，小安格的再障就是我确诊的，小安格每一次病情的反复都是我治疗的……可以说，他现有的人生中 1/3 的时间是在我这里度过的，我对他，有一种近乎于父亲一样的感情。”

我心里暗暗撇嘴。

把别人家的小孩儿娇惯成这样，主任你这个“父亲”当得我哑口无言。

主任没有发现我古怪的表情，他沉浸在往昔里不能自拔：

“我是真心喜欢安格的。你没有见过他小时候，那是怎样一个可爱、懂事的孩子啊。打针从来不哭，乖乖地绝对不会乱跑，有时候他父母围着他伤心地哭，他还会挥舞着小手绢给爸爸妈妈擦眼泪。他总是用很纯净的笑容对所有关心他的人说：‘我会好好活着的，我要活到老，养爸爸妈妈一辈子。’”

老主任的话很有感情，我承认我听进去了。

“我不知道是上天在眷顾这个可爱的小生命，还是在折磨他。安格获得了比别人多得多的机会，也得到了比别人多得多的伤害。安格八岁的时候找到了第一个配型的骨髓，那个时候他们全家是多么开心啊，安格像一个真正的天使一样把他的快乐传递给每一个人，他总是说他很幸福，很幸福，很幸福……”

我悄悄地注意到主任的一个措辞——第一个。

“第一个故事的结局很显而易见。那个人最后没有来，他在关键的一刻退缩了。人们总有很多理由，要学习、工作很忙、身体不适……呵呵，人们有那么多善良的借口啊，一点儿都不会为它们的后果难受……”

“怎么会这样？”我终于忍不住打断主任的话，愤怒地嚷着，“既然已经决定要捐献骨髓，为什么又那么多的借口？为什么又要反悔？这不耍人玩嘛……”

“这算什么！”

主任冷笑着，镜片后面的眼睛闪着锐利的光。

“别说这个人和安格毫不相识，救助他完全处于人道主义立场，想反悔就反悔！就连那些兄弟姐妹、父母子女，给自己的亲人献骨髓的时候也推三阻四，撒泼不干。更有甚者，面对自己的亲人也能张嘴要钱，或者要交换条件！比起这种小小的戏弄，这又算是什么？”

我彻底呆住了，无意识地一直重复着：“怎么会这样……怎么会这样……”

“这就是人啊……”主任长叹着，“人性永远是那么复杂，可以无私也可以狭隘，可以博爱也可以冷酷，可以忠诚也可以背叛，人性如果像血液一样可以用仪器来分析的话，人类就不会发展到今天这个地步，发展出今天这样的文明了！”

我久久地不能说话。

什么东西在体内喧嚣着想发泄，但我知道那是无理取闹。

主任说得一点儿都没有错，现实中总有美好，也总有残酷，一切与人密不可分。

主任默默地取掉眼镜，他按压着眉心一个据说可以安神的地方。可是最后他发现纸巾更管用，所以他给自己抽了一张，也给我抽了一张。

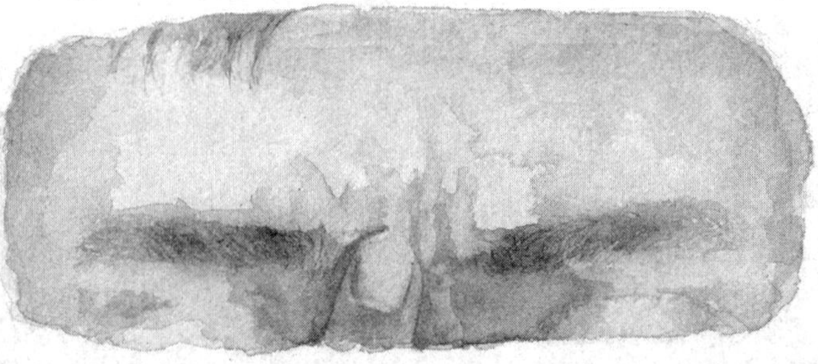

故事没有立场地继续着。

“安格第二次获得配型的骨髓是十二岁。说真的，我没有想到他居然还有第二次新生的机会，这对于我，对于安格，对于他的家人都意义重大。大概是大了一些的缘故，安格不再把自己的喜怒哀乐明显地表露在自己的脸上，倒是我们这些旁人高兴得跟什么似的。我感觉到安格的压抑去安慰他，而他说出的话却让我在一瞬间感觉迷惑。他问我人的怜悯有没有丈量的工具？可怕的事情会不会一再发生？他害怕太幸福的感觉，幸福往往是一个毒瘤，它潜伏的时候你会忽视它，而它发展壮大以后却不得不剔除时疼痛会变成N次方。安格几乎洞悉一切的目光让我都害怕了起来，我几乎发誓地说安格你相信吧，学着去相信别人，感激别人的怜悯，享受新生，享受幸福的长远……”

主任很艰难地眨着眼睛，努力想把一些情绪咽回去，可是很不成功，一行清泪滑过他的面颊，流进岁月深深的沟壑里。

“这一次，骗了安格的不仅仅是那个人，还有我……是我让安格去信任别人的，是我……”

“孩子，记住我的话吧，一个希望的破灭要比没有希望更加让人绝望。因为它曾经让你觉得很幸福，而这种幸福会让你在明白它终究不过是一场梦的时候，备感人生的无常和尘世的凄凉。”

屋子里安静了很长时间，只有间隙的抽泣声响起。主任的手指深深地陷入两眉之间，我突然发现这一刻的主任老态毕现，是因为对人性的失望吗？还是对安格深深的愧疚？

“这一次打击来临的时候，安格倒显得很冷静，只是他妈妈受不了，跑到那家人家里去下跪、磕头，可是不管用，人家是铁了心不帮忙。他妈妈是晕倒后被送进医院的。安格没有为自己的事情伤心，但是看着妈妈受这样委屈他哭了，哭得惊天动地。他一直拉着我的白大衣问，如果自己注定要死，那什么方法可以让爸爸妈妈少伤心一点儿，再少一点儿，再少一点儿……”

主任的嘴角微微牵动着，我感觉那也许是一个笑容……但也许什么都不是，那是一个讽刺，大大地惊现在他的脸上。

“等到安格十三岁因为病情反复住进医院的时候，我知道他已经找到所谓的方法了。那样漂亮的一个孩子，把自己折磨得跟什么似的，不吃药、拔针头、剪导管，能想到的都用了，我问他为什么，他只沉默不语。他爸爸妈妈来看他，就闹得鸡飞狗跳，左右不得安宁。无奈中我让他住进了单人病房，让脾气最好的孙医生照顾他。可是这样也没用，他还是在某个夜晚割腕了。抢救回来的时候人跟风干了一样，身体苍白得几乎透明。我问他这是为了什么，他气若游丝地说，不想把家里那点儿钱，都给医院做福利事业；不想自己的生命，还在让人怜悯让人给予；不想爸爸妈妈一生耽误，耽误给他这个废人。他们还年轻，他们可以生小弟弟，那种特别可爱特别健康的小弟弟，一生都不会让他们伤心……”

我闭上眼睛。

我感觉两道泪水很清晰地滑过脸庞，坠落到胸膛的什么地方去了。然后，安格坐在星星点点的樱花里，安然而恬静地笑着，笑得脸庞仿若白玫瑰一般温柔地绽放。

“主任，对不起，我……

“我误会安格了。他……的确是这个世界上最美丽、最善良的人……

“我发誓……我一定要好好地照顾他，让他能够以最健康的身体，去迎接新的生命……”

我这样发着誓，脸上的泪水还是不停地流下。

我眼前一直是安格那张绝对完美的脸，他是那样的晶莹剔透，宛若最高贵的瓷器。

而他纯真的眼睛在层层睫毛里，居高临下而又温柔无比地看着我，宽恕了我所有的罪。

“主任，我能否向您申请，只照顾安格一个人，一直照顾到他出院？我知道我很年轻，我的行为还很冒失，但我会努力做好每一件事情……”

“只照顾安格一个人吗……”主任喃喃地重复着。这一刻他显得特别的疲劳，一贯精明果断的他居然久久拿不定主意，只是不停地诉说着一些琐碎的事情，“这样也好……他好像很喜欢你……不……对你不公平……孩子，你可能受很大的伤害……对安格好，陪他最后的……也许这样最好……”

主任终于把挡在眉间的手拿开了，他用一种从来没有过的哀伤怜悯的目光看着我，久久地看着。

“好吧……我同意你只负责安格的治疗和生活，陪他最后的一段时光吧。他的第三次配型……也被毁约了……”

7
SEVEN

幸福的感觉要多少都不嫌多。

我是在跟主任谈话后的第三天，才再次出现在安格面前的。

之前我已经对着镜子练习了很多次，我想用最阳光的笑容去面对安格——我要在他最后的时光里，给他最直接的温暖。

我没想到一向以笑容著称的我，会有一天，觉得自己完全笑不出来。

由于三天前的大闹、吐血、哭泣和昏迷，安格的身体大不如前。我替他体检的时候，他居然在轻轻发抖。我知道今天暖气开得很足，气压也很正常，但安格的身体就是很凉，凉得像冻僵的蛇。

“安格，你觉得冷吗？”

他摇摇头，很沉默地低着头。

今天安格的态度也很奇怪。前几天他都很有精神地跟我吵架，但今天他乖乖的，很配合地吃了药，量了体温，做了体检。自从我们认识以来他都没有这样乖过。

“我感觉你身体很凉，也在轻轻地发抖。护士说你今天的体温和血压都很低。明天可能又要输血，害怕吗？”

安格摇摇头，美丽的眼睛很安静地看着我。

我觉得气氛很怪，于是靠近他，悄悄地说：“如果你发誓明天不剪输液管，我就一直陪着你看着你输血。如果你要剪，我就把眼睛蒙起来——其实我很怕看见很多血的，我需要蒙眼睛。”

我期待着安格嘲笑的声音，我期待着安格大声说，哈哈，原来龙医生这么胆小，我要捉弄你……

可是没有，安格很安静地看着我，用清晰的声音说："我不会那么做的，龙医生。"

我有些吃惊地看着他，一边思考着那天的吵闹是不是把他哪根神经烧坏了。

"我好怕……你再也不管我了……"

安格的声音越来越低，低到细不可闻。他垂下眼睛，睫毛恰到好处地遮住他秋水一般清亮的眸子，给我一种莫名的感动。

"怎么会……照顾你是主任交代下来的任务，我会一直照顾到你出院的……"

“可是……你有两天没有来。”

“我……我生病了，请的病假……这个大家都知道啊……”

“是的……大家都这么说……可是我还是很害怕……”

安格轻轻咬起下唇——这使得他那漂亮的唇线上更是一点儿血色都没有。

“我一定不会不管安格的。”我用一种非常肯定的语气说着，拉起他没有输液的右手，“像安格这样好看的人，我喜欢还喜欢不过来呢，怎么可能不管？”

大概我的手传递出信息，大概我的话有某种使人兴奋的作用，安格的脸又一次出现了少见的光彩，他微微抬起头，急切地看着我：“龙医生觉得安格好看吗？龙医生喜欢安格吗？”

我肯定地点点头。

安格突然像个害羞的小孩儿一样把脸藏在被子下面，很久都不露出来。

我有些担心地扒拉着他的被子：“安格，这样睡不好，缺氧。”

“等等。这样就好。”

安格从被子里露出一双眼睛——就一双眼睛，它从没有过的清亮，从没有过的真诚。

“龙医生，我告诉你我名字的来历吧。”

“嗯。”

“我出生的时候就长得非常好看。妈妈说我长得跟天使一样，正好我们家也姓安，所以父亲给我取了个名字叫‘安琪’。”

“安琪？外国的很多小女孩儿都叫这个名字。”

“对呀，妈妈也说这个名字俗，所以就取了 Angel 的谐音，叫安格了。”

“安格……安格……”我来回咀嚼着这个名字，发觉它越发像花朵一般芳香迷人，“你的名字取得真好，又好听又好记，我看一遍就记住了。”

“对呀，很多人都这么说。”安格仿佛沉浸在回忆里，明亮的眼波也游弋起来，“从小就有很多人说我漂亮得跟天使一样，简直就不像这个世界的人。也许我真的不是这个世界的人吧，我是偷跑下来的天使，想看看人间是什么样子的。结果被上帝发现了，大发雷霆地要收回去的，所以，注定活不到老的……”

“安格，别乱想。你会一直很健康很健康的，会一直健康到老的。”

“呵呵，好啊，你给上帝打个电话，说我很喜欢这个人间，舍不得回去，让他宽恕我多待两天。”

“好，我晚上就回去打，就说安格给我当弟弟了，上帝你换人吧，这个不能用了。”

安格咯咯地笑着，眼睛弯成好看的月牙儿形。

“你有上帝的电话吗？吹牛皮……号码多少，你说。”安格顽皮地羞自己的脸。

“上帝应该很先进吧。我托个梦就可以了。”我也配合地眨起眼睛。

“呵呵，龙医生你真的……”

安格又一次把头埋进被子里，不过却依然发出好听的咯咯的笑声。

这一次我没有阻拦。因为我实在想不出有什么阻拦的理由。

日子要是一直这么过该多好。

幸福的感觉要多少都不嫌多。

可是我还是要醒过来。

本性。

动物都会本能地去避免伤害，何况人?

龙天的笑容阳光却无力，我一看就知道有问题。

幸福是一个“毒瘤”，清除的痛苦会变成N次方。

所以不敢让自己幸福太多。

所以不敢让自己做梦太多。

对于我而言。

十八岁和幸福。

都可以是奢侈的。

8
EIGHT

如果上帝可以多给我一点儿时间的话，我会让你觉得幸福；

既然不能够，那就让你觉得我很幸福好了。

那天下午我去巡房，又一次看见那个美丽的女子，她依然在哭，我好像每次看见她的时候她都在哭。

安格素面如霜。

同样的一双眼睛，为什么上午的时候可以笑成弯弯的月牙儿，下午就变成冷硬的冰块？

我立刻就意识到发生了什么，就像上午的时候安格敏感地捕捉到我态度的变化。

“安格，妈妈以后天天都来看你好不好？妈妈来照顾你？”那个可怜的女人哭着哀求。如果声音也可以流泪的话，我相信它现在流的是血。

“不好。”

安格的话言简意赅。

“安格，我们还有机会啊，你好好养身体，养好了我们再等，我们可以一直等下去啊。”

“给人玩了这么多次，还没有烦吗？”

安格冷冷地笑着，眼睛看着窗外。

“尘归尘，土归土吧。”

安格淡淡地说着，轻轻的呼吸声好像在抚动古老的窗台上厚厚的尘埃。

女人哭泣着走了，不是她自己要走。是我要求她走的。

安格被子里面的手不住地颤抖，让我突然觉得害怕。

如果要真的发作，安格好像每次都是最后的一个。

最痛苦的一个。

送走了女人，我回到安格的病房。

他依然固执地看着窗台，其实那上面什么都没有，可他就是固执地看着。

“为什么你妈妈会突然来？不是不要她来吗？”

“我告诉她，不要再做梦了。”

安格淡淡地说着，好像说着一个与自己无关的事情。他清秀的侧脸在下午的微光里模糊为一片，柔软得仿佛彻底地融入了墙壁，纸一般的苍白。

我的心沉……沉……沉……

"你知道了？"

"嗯……"安格微微思索，然后淡淡地冷笑着，"其实很容易的，用办公室的电话机给那边打个电话，问那个人的脊髓手术什么时候做——然后，就都知道了。"

"也很容易猜到这样的结局。知道自己的病人死路一条，如果态度还没有变化，大概就真的是无可救药的冷酷了。"

说到冷酷，安格脸上果然就浮现出一个冷酷的笑容来，目光一点儿、一点儿地，就这么死去了。

"安格，别泄气好吗？你都有三个换骨髓的机会了，也可能有下一次……只要你不放弃治疗，很可能马上就会发生奇迹的……"

"没有下一次，没有奇迹。"安格生硬地打断我的劝告，异常决绝地说道，"关于我的病情我也直接问过主任了，他说我活不过今年的三月。"

三月吗？

是的。

三天前我就知道了。我知道得一清二楚，不过是不承认罢了。

我刻意地忘记了主任交代下来的话，继续做我无知贪婪的梦。

而现在，相同的话从安格嘴里一个字、一个字冰冷地蹦出来，我几乎像受了侮辱一般感到难以接受。

我无望地想要捕捉着什么，甚至希望安格的手指在被子里面抖成筛糠……而我伸进去握住它们的时候，除了刺骨的冰寒，它们坚硬如磐石。

“不要以为我很脆弱。如果我是那样的人，大概活不过八岁。”

安格无比讽刺地冷笑着，将手轻轻地抽离我的控制。

“不应该是这样的。安格，不要这么压抑自己的感情好吗？”我对他说，也对自己说。

“如果想哭，就哭出来吧。”我对他说，也对自己说。

“为什么要哭呢？”

安格很奇怪地看着我。

“这是我早就准备好的结局啊！人性的背叛在这个世界上本来就俯拾皆是啊！”

然后他久久地看着我，看着我现在的表情比他更像一个初闻噩耗的病人。

“别的医生没有告诉你吗？”

“不要跟病人做朋友，因为他们会死。”

同样的话，同样说话的人，同样的听众。我有一种时空倒错的感觉，仿佛安格还是那个乖张的安格，我还是那个愣头青医生，安格在说到死的时候眼睛会突然一亮，然后满意地看着我的愤怒在胸腔里集聚。

一瞬间我明白了安格母亲的担忧，也明白了主任的犹疑。他们没有点明的顾虑，就是人那飘忽不定的感情。可惜我清醒得太晚，我一头扎进安格淡淡悲伤的目光里，怎么游都游不上来。

“对不起啊，又让你伤心了。不过，我只有十六岁啊，所以，所有的错都可以被原谅的，不是吗？”

安格这样笑着，眼睛里是怜悯的悲伤。我不知道他是因为自己，还是，只是单纯地觉得愧对别人。

对不起呃。

让你伤心了。

其实我也不想的。

虽然我只有十六岁，任何的错误都可以被原谅。

但我还是不想承担太多。

太多的情感跟太多的幸福一样，都是要还的。

可惜我没有时间还。

如果上帝可以多给我一点儿时间的话，我会让你觉得幸福；既然不能够，那就让你觉得我很幸福好了。

我想给你一个真正的安格。

一个真正的Angel。

9
NINE

我会努力在清醒的时候微笑。

我知道这样的决定有些冒失。

我知道自己有很多的借口可以推翻自己的坚持。

我可以说自己刚刚工作，要学的东西很多，工作很辛苦，情绪上也不太稳定，身体好像也大不如前……不过我知道每一个人最初的借口都是这样的。然后，我们就被这样那样的借口束缚住了，忘记了自己做出决定的初衷，忘记了自己曾有过的悲天悯人。

我填写了自愿骨髓捐献申请表，我知道两个人的骨髓相符好比要找出两个人的指纹要相似一样，属于大海捞针的低概率事件。但我依然在每个夜晚祈祷着自己的骨髓和安格是相似的。我想让自己彻底的自私一次，如果我可以救一个人的话，我希望他是安格。

骨髓验型的事情我没有告诉安格，在他的原罪理论里，我想他也不愿意知道。

安格彻底像变了一个人一样，安静而乖巧。我不知道是不是人之将死，其“颜”也善，安格在这个时候表现出来的温柔和恬静，正好可以证明他对死亡的感召。其实我更加希望安格像刚入院的时候一样，颇有生气地捉弄我和其他人，如果是那样的话，我知道安格至少还有力气跟死亡开玩笑。

原来这样也是奢侈的。

安格再也没有精力，去捉弄任何人了。

孙谨详医生和安格“冰释前怨”了吗？

我想是的。

没有人可以在他最后的时光里怨恨这个孤苦的灵魂。我不止一次地看见孙医生站在安格的病房外默默地注视，然后我又会在他的身后注视着他，直到他转过身，对着我微笑。

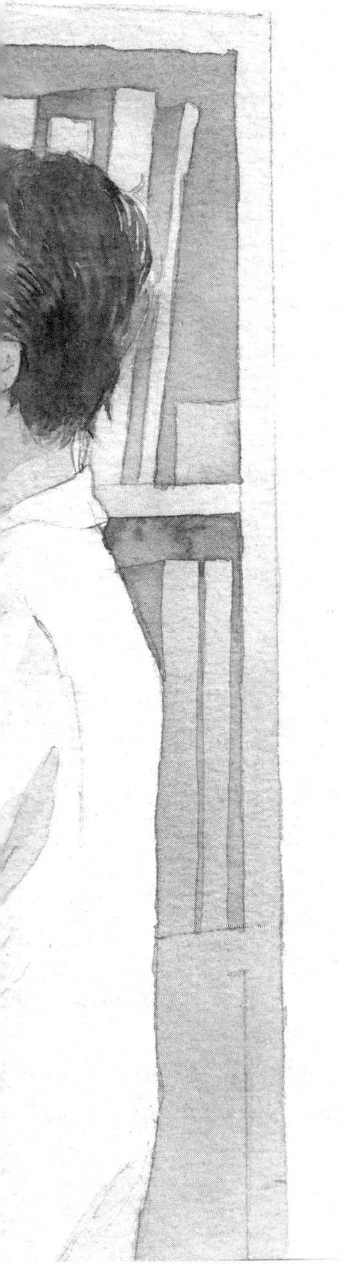

“为什么不出声？你要进去吗？”

我摇摇头。

我很想跟他谈谈，谈十三岁以前的安格。

我不想孙医生是因为同情他才宽恕他。

需要原谅的，其实是我们。

“原来，你还在担心这些事情啊。”在医生休息室里，孙医生长长地叹着气。

“孙老师，您不要再生安格的气了，其实他真的是这个世界上，最美好的男孩子。”我恳切地说。

孙医生看着我，久久地看着我。

“可怜。”

他轻轻地低喃着，久不闻声息。

我不知道他在说谁，是说我可怜？还是他可怜？还是……那个人。

而下一句话又让我坠入五层迷雾。

“我从来都没有怀疑过，他是这个世界上最美好的男孩子。”

孙医生宽容地笑着，笑中带伤。

“安格虽然讨厌我，但也知道这不过是他的任性罢了。他在我面前剪过导管、拔过针头，甚至自杀过……纵然主任和安格自己不说什么，别人也不会说什么吗？院方也不会说什么吗？安格自己也知道给我带来了不得了的麻烦，所以他自杀后清醒的第一句话就是‘孙医生对不起’。当时我就哭了，我知道我会一辈子陷在那句对不起中怎么爬都爬不出来。我说安格你是好孩子你为什么不听话？他说医生你是好人，你不要管我了，让我死吧，我死了就不会给你找麻烦了……我当时怎么说的？我很清楚地记得。我说安格我不会让你胡闹下去的，你要死了我就去吊销医师执照，我真的去吊销我的医师执照！”

“我当时真是这样想的，我控制不了自己愤怒的情绪。

“而安格——安格他闭上眼睛，长流的泪一直从眼角流到耳朵里，他用那样虚弱的声音说，他用那样虚弱的声音一直说：‘医生，你人好好，我下次一定不让你治疗，因为我一定会死，所以我不要你失去你的医师执照，你一定一定不要失去医师执照……’”

“龙天，知道我为什么要告诉你不要对安格用心吗？

“因为你会舍不得。

“我就是例子。我不想你也成为例子。”

那天，我很想告诉孙医生，他所说的话我懂，就是不能自已罢了。

我想他其实也懂的。

所以，我依然做我的龙天，我依然，做我应该做的事情。

我依然悉心照顾安格，并彻底沦陷自己在他的时间里。

在安格最后的岁月里，我的记忆总是一段一段的。

很奇怪，当初时间的发展总是线性的，为什么回忆就一定是片断呢？我很想把这些珍贵的记忆串成一根线，但是不能够，这些记忆总是以安格的昏迷开始，再由安格的清醒结束。

安格的身体真的是无可挽留地衰弱了下去。

他不停地低热，然后高烧、昏迷呓语，最后吐血，说着说着突然就会呕出一口血来，然后自己若无其事地擦去。

他可能在任何一个没有预兆的情况下陷入昏迷或者昏睡中，或者是我给他读书的时候，或者是我给他讲我生活的时候，甚至我还在给他做体检的时候……

安格不知道自己又一次昏睡，这种昏迷是短暂的，患者自身往往完全没有意识。

所以，他会在下一刻清醒的时候微笑着说，你的故事怎么不讲了，我还没有听够呢……

主任说这种昏迷和昏睡会随着病情的恶化越来越频繁，持续的时间也越来越久。

我不知道哪一次他睡过去后就再也醒不过来，所以每次他睡去的时候我都不动。我静静地等待着他再一次地清醒，我要让他感觉自己的生命从来没有间断过，就好像我一再地告诉自己我从来都没有害怕过。

有时候，他会带着淡淡的微笑，无意识地昏迷了过去，那个笑容会一直凝固在他的脸上，好像最后的诀别。

然后我的记忆就会突然崩断，我会完全地忘记自己作为一个医生的职责，忘记去看他的心跳、他的呼吸、他可能散大的瞳孔……

我只是静静地坐着，等待着，等待着他再醒过来……好像我不这样做，他就可能真的醒不过来了一样。

我像一只守护着自己巢穴的母鸟一般，静静地等待着安格最后的诀别。

其实我不是不知道自己有时候会突然睡过去。

因为每次醒来的时候我都会看见你的脸，由一种失魂落魄再变成感恩的微笑。

但是我尽量不让你知道。

就像我自己都不承认一样。

我会努力在清醒的时候微笑。

让你继续刚才的故事。

其实我真的不记得你刚才讲到哪里了。

我不想说对不起，

因为我知道你会原谅我的错。

10
TEN

因为，你是唯一一个陪着我走到最后的人；

因为，我会害怕。

我终于见到了那个男人。

安格的父亲。

安格曾经笑着说，如果那个男人不回来，大概就赶不上见儿子最后一面了。

没想到几乎成为事实。

如预料的一样，那是一个高大帅气的男子。

安格那 1/2 的优良血统，一定来自他。

在我们仔细地嘱咐后，男人和安格在病房里独自待了半个小时。

然后，安格就捧起书，无声地下了逐客令。

男人不肯走，趴在病房的玻璃门上一直看，一直看，手在头顶上圈成奇怪的菱形。

“这样好吗？”

我问安格。

那个男人趴在玻璃门上一直哭，一直哭，哭得所有人的心都碎了。

我没见过，成年的男子这样哭过；我没见过，这样悲伤，而又完全无声的泪水。

“这样不好吗？”

安格抬起头来看着我，微笑着，脸上是刚刚哭过的痕迹。

“我讨厌……他哭泣啊……”

安格说这些的时候表情很无奈，但我知道他是认真的。

生活如此的痛苦，也许只有死后，灵魂才能得到安宁。

而在这之前，芸芸众生都在生的痛苦中，谁也不能解脱。

“龙医生。”

“嗯。”

“我爸爸好看吗？”

我抬起头。

距离那个男人的最后一次出现，已经又过了两天了。两天来安格从来没有提起过他，我不明白他为什么突然想起这个问题。

而安格，好像很笃定这是一个普通问题，脸朝着阳光，很安详地等待着。

“嗯。很出色的男子。”

“那我的妈妈呢？好看吗？”

“当然……很美丽的女性。”

安格在阳光里笑得很开心。

“那你说……”

“如果爸爸和妈妈再生一个小弟弟，是不是也会很好看？”

安格的幸福从阳光里传递了过来，他向往地对着光明微笑着，贝齿隐现。

而我旁边的护士却不得不背过身去，悄悄地揉眼睛。

我很快地低下头去，继续读我的书。我不敢停顿，我不敢有丝毫的停留——情感会如同洪水，轻易地把我淹没。

而安格的态度又一次强硬地挤进我的不情愿中。

“龙医生，我觉得你长得也非常好看。”

安格转过头来看着我，很认真地看着我。

我点点头。我等待着他的下文。

“其实，我第一次看见主任身后的你的时候，就觉得你长得很好看，可是我不敢告诉你。”

“为什么？”

“因为，我想，让自己很喜欢的人伤心，是一件很残忍的事情。”安格微微垂下眼睛，表情有些黯然。

“那……为什么又决定改变了呢？”

“因为，后来我觉得，如果不让你知道，我会更难过。”

安格的头垂得更低，他仿佛看到自己的罪一般有一些惶恐，那种上刑场一样的感觉折磨着他，没来由地一阵惊慌。

“傻孩子。”

我亲昵地说出这样的话，然后就手脚轻柔地帮他拉好被子，一直掩到他的下巴处。而他很快就提起被子盖住自己的脸，只露出一双美丽的眼睛，目不转睛地看着我。

“对不起。”

他轻轻说。

“为什么要道歉？”

“任性地把你也卷进来呀。”

“别瞎说。就像你不相信人类一样，我也不相信，人类的医术会救不了你。”

“那我相信你好了，你继续保持不信。”

安格含着笑意的眼睛从被子下面看着我，看得我心中一团暖意。

安格，有一句话我一直很想问你。既然你对我的态度都改变了，也想当一个真正的好孩子，可为什么对父母还是不能释怀，还是不让他们来看你呢？

就是因为不能释怀啊！

就是不能接受，如果我不在了，父母会怎样的想法……

你的表情好奇怪。

让我忍不住想去抚平你眉间的皱纹。

真的很对不起。

虽然我一直忍，一直忍，但还是不想放开你。

原谅我无法对你也如父母一般狠心。我做不到。

因为，你是唯一一个陪着我走到最后的人；

因为，我会害怕。

我骨髓的配型很快就出来了，这段时间远远比我陪伴安格的时间要短。我之所以忘记了交代，是因为这个结果对故事的发展毫无建树。

我的骨髓不是安格需要的。

然而人生就是面临这么多的选择。

你可能曾经以为它是对的，之后会觉得它是错的。

也可能曾经以为它是错的，它就会变成对的。

主任告诉我，我的骨髓配型是一个山西的小男孩所需要的。

他等了整整五年，知道消息的时候一家人抱头痛哭。

知道消息的那一刻我也很想哭。我想我还是可以挽救一个生命的，只可惜这个人不是安格。

“那家人就快进京了，你做做准备，接受手术吧。”

主任说这话的时候面容恢复了严厉，他知道我现在犹豫，所以说话的时候用的命令的语气。

“主任，好像你说过，安格活不过三月。”

主任转过身，用背影表达默认。

“好像三月就要过了。”

我觉得自己的语气里有一种不确定的飘忽。

其实我极力否认时间的流逝，就像我一直不承认安格病情的恶化一样。

“那又怎么样？”

主任的背影里都透露着深寒。

“可不可以……等到安格……”

“那如果安格熬过三月了呢？”

“如果安格的病情又有好转干脆就出院了呢？”

“这样的话你要等到什么时候？如果是安格在等待手术的话你会让他等到什么时候？”

我彻底没了言语。我知道主任的意思，看似冷酷的他其实最明白其中的利害关系。

我的道行比之主任差出老远，在我医生生涯的初期，我的情感会淹没我的理智。

“去手术吧，无论你的初衷是什么。”

主任轻轻地叹息着。

严厉的背影无端地佝偻起来。

“别再让一个生命毁在另一个生命的怜悯里。安格，就是在这种等待和怜悯中，毁掉的。”

11

ELEVEN

没有你的陪伴，

我走得真的很孤独。

手术的前一天，我知道自己被逼上梁山了。

与其让别人转告安格或者是任由安格自己去胡想，不如自己去告诉他，让他安心地等待。

其实捐献造血干细胞需住院的也就是两三天，两三天里面酿成无可挽回的后果，大概也是极小概率事件吧。

等捐献结束后我可以要求搬到安格的病房去，医生和患者都躺在病床上，也许能给他更多心理上的支持和安慰。

想到这里，我的情绪又好转起来。今天安格的精神看起来不错，也许是个好的征兆。

“安格，我要跟你讲一件事情。”

安格漂亮的黑眼睛看着我，它们纯真且透明。

“是……这样的……”短暂的犹豫后我狠下心来告诉了安格手术的事情，我告诉他有个山西的孩子需要我的帮助。我甚至很委婉地告诉他我并不想离开他，只是我不希望第二个安格将毁在我的手中。

安格很认真地听着。

他长长的睫毛覆盖下来，覆盖住他的眼睛，覆盖住他所有的心事。

他的睫毛是多么好看啊，在说话的间隙我不止一次这样想，毛茸茸的，好像最名贵的皮毛的边缘……不，这个世界上没有什么能够比安格的睫毛美，它是独一无二的，它是最初，以及最终的美丽……

我不知道自己絮絮叨叨地说了多长时间，但我想真的是够长了，可能比我手术的时间都要长。

如果安格能够像刚才那样专心而清醒的话，大概我真的能够看着他重新走出医院。

朦胧中我被自己的这个想法弄得很开心，我好像很相信自己一定能够和安格住在同一个病房里，再看着他健康地走出医院。

“这样的话，我们回头见了，你要对我这个室友温柔一点儿啊。”说到这里，我忍不住笑了。

大概就是那种很电人，很阳光的笑容。

这个笑容抛出去依然没有回应，但我不介意，我知道我还有很多微笑的机会，而这些微笑总有一天会有回报的。

我转身准备离开。

什么力量阻拦了我。

安格晶白得如同透明的脸上纵横的同样透明的泪水，蜿蜒着在唇上积聚。

他依然低垂着头，长睫毛依然覆盖着他秋水一样清亮的眼睛，而这些睫毛全部都被打湿了，它们无辜地粘连成一条一条，尖端是几颗珍珠般动人的泪珠。

“安格，没关系啦。我两天就回来了。”

我伸手去抚弄那些泪珠。

太美丽的东西，居然有让我下不去手的感觉。

安格不理我。他死死地拽着我的衣角，一个劲儿地流泪。

我不得不重新坐下。

不，被他拉住，坐在床边上。

“好，我答应你，醒了就回来看你好不好？真的很快的。”

我几乎是在哄他。

“安格，累不累，你休息一下好不好？我答应你等你睡着了我再走？”

我试探着问他。

安格默默地摇摇头，他缓缓伸出他白皙的臂膀，用他最大的力气在拥抱我。

他冰凉的泪水无力地蹭在我的脸上，而右颊的某一个部位，因为被花苞温柔地抚过，而散发出一股清甜的香气。

“告别好吗？我亲了你，你也要回亲我。”

说这话的安格似乎想恢复当初的骄横，但也许泪水冲刷了他的霸气，也许他本来就只想撒撒娇，他的声音柔软如清晨的第一缕春风，在春寒料峭的三月，温暖了我的整个身体。

我认认真真地看他，很想把这个最美的时刻映在我的记忆里，但其实我也仅仅记住了他的那双眼睛，由于太过的漂亮太过的纯净，局部代替了整体，再次让一路火车，隆隆地开过我的神经。

我低下头，在他面颊的右侧印下我的告别吻。

“我好害怕。”

依稀中，我仿佛听到了什么。

没有。

他轻轻地放开我，然后又轻轻地笑了。笑容依然纯净依然天真，将那片美丽的秋光，都模糊在一片粼粼的泪光里。

他好像一直都那样乖巧而安静地坐着，面孔如白玫瑰花一般，温柔而恬静地绽放。

捐献之前我看见了那个男孩儿，他也许长得不很漂亮，神态也不那么高贵，但眼睛里的东西和安格是一样的，同样是对生命深深的渴望，还有对未来无辜的恐惧。

“别再让一个生命毁在另一个生命的怜悯里。”我谨记老主任交代的话，人生像是打开了一个新地图，和新的小怪兽汗雨厮杀。

真正抽干细胞的那天虽然遇到了一些波折，但我毕竟年纪轻、身体好，躺了三天后就觉得精力和血液都在快速恢复中。

那个男孩儿的移植手术也应该顺利进行中了吧。

我这样想。

于是，在休息的间隙里，我更加无可抑制地想念安格。

第三天，依照我的愿望，我转进了安格所在的病房。

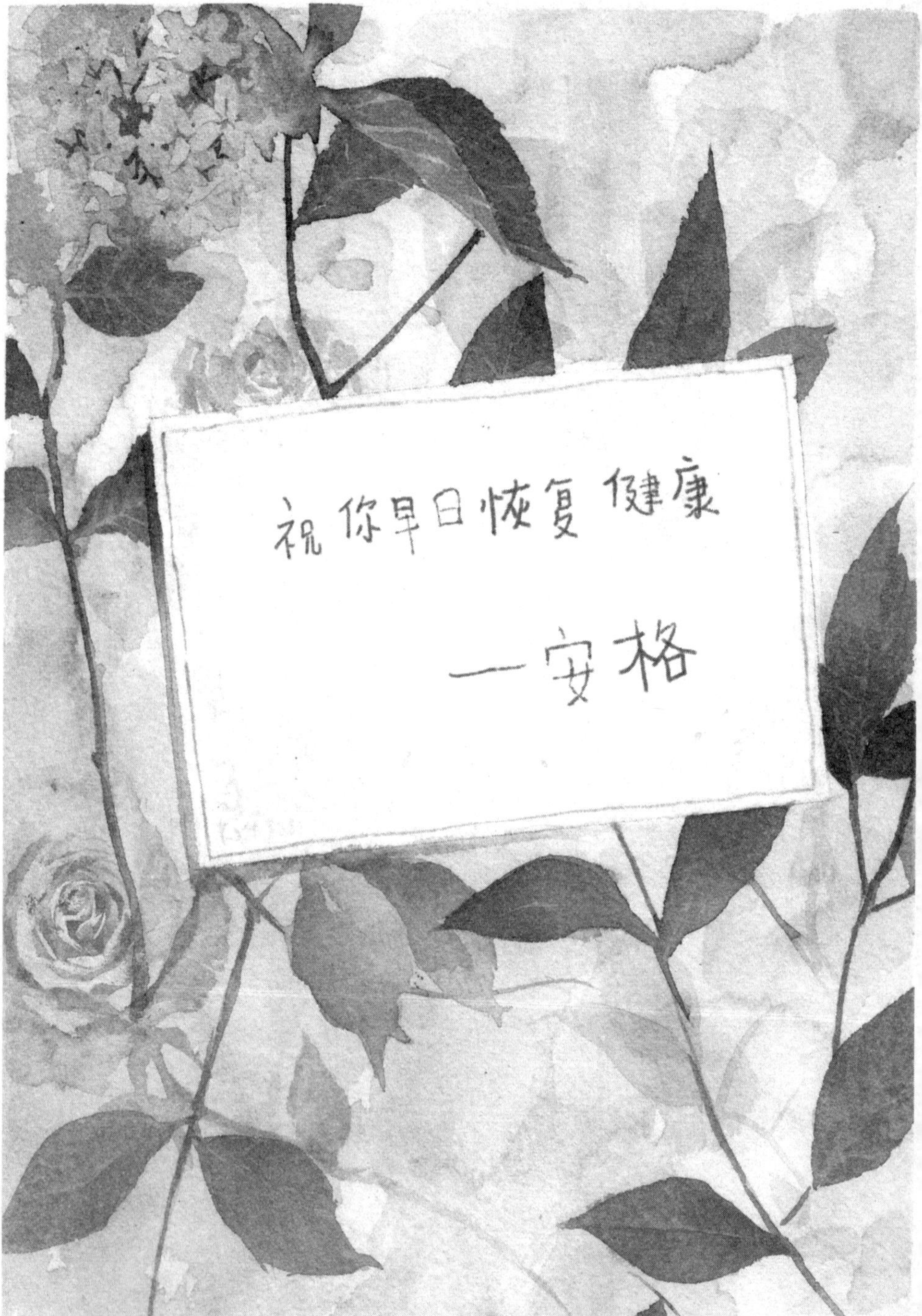
祝你早日恢复健康
—安格

奇怪的是，旁边那张床似乎并没有人住的样子，却有一束白玫瑰在床头柜前怒放。

看着我一直目不转睛地盯着鲜花，好心的护士把白玫瑰索性端到我的床头柜上，并帮助我拿到玫瑰花丛里潜伏的一张小小的卡片。

祝你早日恢复健康

——安格

卡片是白色的，有淡淡的青纹。安格的字迹还是幼稚的少儿体，歪歪斜斜的，每个都胖得像冬瓜。

我能够想象安格在我离开的某天趴在床上笨拙地写着这张卡片，然后乖巧地嘱咐护士一定要让我在换房的第一天就看见这束花，还有花上的卡片。

卡片带着玫瑰浓郁的香气，就像安格的小脸，永远惊人的美丽。

我仿佛看见他抱着一束白玫瑰矗立在那里，羞涩甜蜜的脸孔在花朵后面天真地微笑着，然后这个笑容会永远在我的脑海里定格，代替他所有的娇纵、所有的乖张、所有的冷酷和所有的讥讽，他会那样一直笑着，笑到我希望的天荒地老里。

“安格呢，我什么时候可以看见他？”

我对旁边忙碌的护士露出一个最阳光的笑容。

在我的词典里，笑容就像是篮球，抛出去就一定会有回应。

以前我曾经固执地认为笑容是一定要等同回报的，我有几分真诚，就回报几分恳切。

而安格教会我回应也可以是多种形式的，它可以是同样潇洒的微笑，也可能是不动声色的感动，它可以是诚心诚意的交付，也可能是故意懒散的漠视。它甚至可以是一个眼神，一个动作，一个表情，一句话……

可能仅仅是一句话。

一句话。

“他已经走了。”

十六岁，我所犯下的任何错误都可以被原谅对吗？

我说。

十六岁，我还来不及犯下什么错误不是吗？

我问。

十六岁，

我甚至还来不及说那些话。

我甚至……

还来不及告诉你，

没有你的陪伴，

我走得真的很孤独。

念念不忘，必有回响

——《为安格的雪样年华》绘本后记

◎小楼

题记

我在雪白的世界里做着有关救赎的梦，

未来犹如白玫瑰一般梦幻而芬芳。

十年前，当我在电脑前敲下这行字的时候，一个被誉为“白玫瑰的少年”就这样悄悄地诞生了。

“不知道应该怎么去形容一个人长得好看，但我想如果长得像安格那样，大概就是极致了。我曾经强烈地怀疑过安格的存在性，因为哲学家说，一个人如果对一个事物的真实性产生疑问，就会用虚幻的符号去代替它。那时我脑海里的安格是一个虚幻的符号，一个虚幻而完美的符号，一个有着《指环王》中精灵般娟秀面貌的符号……于是，脑子里开过一条隆隆的列车，我什么也没有听见。”

这个有着精灵般美貌，天使般善良的少年，一登场就吸引了大家的目光，而他那坎坷短暂的一生，更是给人留下了难以磨灭的印象。很多人问我，安格真实存在吗?

而我总是不厌其烦地回答：安格不是真实存在的，但与安格拥有相同经历的人太多太多。

十年前，我不过是一个刚刚工作的初生牛犊，从医生朋友那儿了解到，骨髓捐献的毁约率高得惊人。就算是亲戚之间，也有断然拒绝的、反悔不干的、伸手要钱的……当我知道由于捐献者毁约带给患者的打击有多么致命后，我脑海中就浮现出安格这样一个少年——他一定有着相当吸引人的外表，有着近乎完美的个性以及强烈的求生欲——只有这样的生命凋零时，发出的声音才足够振聋发聩。

“人性永远是那么的复杂，可以无私也可以狭隘，可以博爱也可以冷酷，可以忠诚也可以背叛，人性如果像血液一样可以用仪器来分析的话，人类就不会发展到今天这个地步，发展出今天这样的文明了！”

每个人都有两副面具，一面为善，一面为恶。人性也总是善变，一瞬天堂，一瞬枯木。我包装了一个非常严肃的精神内核，试图讨论人性、善恶这些很玄妙、很终极的东西，而它的外壳，又是倾诉着亲情、医患情这种很温暖、很柔软的情感。

这，大概就是它一直能够被人们所记住的魅力所在吧。

讲真——写下这篇文章的时候，我虽然很笃定这是一个好故事，当时的理想也不过是正式发表在杂志上而已。

然而，一个真正的好故事是拥有着强大的生命力的。

2005 年，《为安格的雪样年华》短篇在《花火》杂志的创刊号上正式发表。

2005～2012年，安格短篇连续七年被评为《花火》最受欢迎的小说，读者自创了微电影、广播剧等衍生作品。

2012年，受《花火》邀请，《为安格的雪样年华》长篇小说创作完成，以单行本的形式正式推向市场。

2013～2015年，安格后传——《天使的信仰》系列陆续上市，龙天的故事仍在继续，安格的弟弟安奇诞生了，延续安格未完的人生路。

2016年，《为安格的雪样年华》绘本出版发行。

安格的生命，已然跨过了时间的长度。

当编辑部和我约定这篇后记的时候，其实我是有些犹豫的。

我说，“安格”长篇出版的时候我已经写过后记了，还能写什么？

编辑说，写写这几年的感受吧，有没有一些感动你的事情。

我说，有。

实在太有了。

三年过去了，读者们自建了《为安格的雪样年华》贴吧，读后感、衍生文，无数的读者孜孜不倦地用各种形式诉说着他们对安格的不忘。

三年过去了，还有读者用各种方式联系我，告诉我他们有多喜欢“安格”这个作品，甚至不敢阅读第二遍。

三年过去了，但凡有需要骨髓捐献的新闻出现，读者们都会主动发邮件给我，希望借我的力量可以让更多的人群关注这个群体，帮助这个群体。

三年过去了，每当类似的事件发生在安格读者的身边，他们都会尽心尽力地帮助那些患病的孩子。

三年过去了，他们登记了自愿无偿献血，登记了自愿骨髓捐献，并致力于让更多的人群加入这个行列。

他们总是一遍又一遍地发邮件给我，说——

楼妈，我身边有个很像安格的孩子，我想要帮助他。

楼妈，这里有个很像安格的需要捐骨髓的孩子，让我们一起帮帮他。

楼妈，我今天登记了自愿骨髓移植，我不想让安格的生命再毁灭于等待和怜悯中。

安格……安格……安格……

当我看到这些留言或私信的时候，心中总是充满了无数的感动。

我感动于你们的不忘，让安格这个少年一直活在你们的记忆里。

我感动于你们因不忘而攒集的正能量，关注着他们，关爱着他们，帮助了他们。

我感动于你们因不忘而产生的大爱，敲开那扇让人有些畏惧的白色大门，用自己的血液和爱心，温暖了一个个因疾病而微凉的生命。

真的很了不起。

不是我了不起，而是你们很了不起。

念念不忘，必有回响。

而这个回响是如此的振聋发聩，如同高山上的晶莹雪，远寺里的晨暮钟，存在记忆里的永远是美好，只能是美好。

作为原作者，我还能有什么奢求？

我只能一遍遍地说，谢谢你们，谢谢你们，谢谢你们……

若干年前，我曾经开过一个脑洞。

我想，那些经典小说中的经典人物或许是在世界的某个地方真实存在的。无人岛，或者天空城，古今中外，大城小事，那些人物会以他们在书中最经典的形象一直存在着，叽叽喳喳，热热闹闹，活得好不喧嚣。

我连小说的名字都想好了，叫《书城幻界》。

我想。

安格也一定真实存在于这个幻界里。

捧着一束大大的白玫瑰花。

向死而生。

微微而笑。

END